Y

ESSAIS
POÉTIQUES,

PAR

JEAN LAURÈS,

CULTIVATEUR.

⸺⸺ ✦ ⸺⸺

Première Livraison.

⸺⸺ ✦ ⸺⸺

Messieurs, c'est un cultivateur,
Qui, vous présentant son ouvrage,
Ne demande pour tout suffrage
Que l'indulgence du lecteur.

BEZIERS,

IMPRIMERIE D'EUGÈNE MILLET,

—

1850.

Aux Paysans.

Travaillons, paysans, travaillons, chaque jour,
Pour remplir nos foyers d'allégresse et d'amour :
     Voici l'hiver avec ses bises....
Il pleut... et la journée est taxée à vingt sous ;
Nous avons des enfants ; hélas ! que ferons-nous
     Pour nous soustraire à tant de crises ?...

Si nous avions encor une maison chacun,
Un petit champ à nous et le temps opportun,
     Nous pourrions bien vivre à notre aise ;
Nous pourrions, chaque soir, au retour du travail,
Près d'un feu pétillant conter quelque détail
     Qui bannirait notre mal aise.

Mais Dieu nous a jetés, nous, enfants de Caïn,
Sur cette terre ingrate, à gagner notre pain
     Par le métier le plus pénible ;
Le métier le plus vil et le plus méprisé,
Le plus rêche de tous et le plus mal aisé,
     Métier presque incompréhensible.

1850

Le métier le plus vil !... Mais il paraît pourtant
Que, de tous les états, c'est le plus important ;
     Qu'il nourrit, embellit, décore;
Que c'est lui seul qui fait fleurir les autres arts,
Qui maintient le commerce, encombre nos bazars
     De tous les biens qu'il fait éclore.

L'art le plus méprisé !... Parce qu'il est rampant,
Pauvre, esclave, ignorant, et qui toujours dépend
     De celui qu'il élève maître.
Mais le mortel sensé ne pourra, paysans,
Dédaigner un état qui sert aux artisans
     Pour leurs états de baromètre.

Le plus rèche de tous !.... car l'hiver, par ses froids,
Vient nous roidir les chairs et nous rougir les doigts
     Du sang sortant de nos crévasses ;
Car l'été vient après nous hâler à son tour,
Nous rivant au sillon dix-huit heures par jour !...
     Ah ! quel contraste avec les glaces !

Art incompréhensible!... Hélas ! je le soutiens :
Qu'un auteur érudit, par ses doctes moyens,
     Ne cherche pas à le dépeindre ;
S'il n'en a ressenti le poids, la dureté,
La fatigue, la faim, la soif, la pauvreté,
     Et d'autres maux qui le font craindre.

S'il a sa peine, aussi n'a t-il pas sa grandeur,

Sa beauté naturelle et même sa splendeur ?
      Sortez en mai **,** voyez les vignes :
Contemplez ces décors palissés au cordeau ,
Ce tapis verdoyant, cet immense rideau,
      Ce **transparent** aux mille lignes !

    Tout par notre travail ?... Sans lui tout est perdu !
L'artiste, l'artisan ont le leur suspendu,
      Si ce n'est le coutre et la bêche !
C'est le travail qui rend un Etat florissant,
C'est lui qui, d'un ménage à l'abîme glissant,
      Bouche souvent plus d'une brèche.

    Tandis que, du travail dérivé de nos mains,
Dépend le sort, l'espoir, le bonheur des humains,
      Travaillons, pauvres prolétaires !
Pour le trouver plus doux faisons-le de bon cœur ;
Et puis nous trouverons, amis, notre bonheur
      Dans celui des propriétaires.

    Travaillons de nos bras pour gagner notre pain !
Travaillons de l'esprit pour chasser ce venin
      Qui colore toujours le vice ;
Eteignons, dans nos mœurs, ces hideux préjugés,
Qui trahissent nos vœux et nous font les sujets
      De l'envie et de l'avarice.

    Travaillons !... Le travail éloigne les forfaits,
Attire le repos, la vertu, les bienfaits,
      Et comble nos jours d'alllégresse ;

Sans lui tout est néant ! La molle oisiveté
Entraîne sur ses pas l'orgueil, la volupté,
      Puis, la misère et la détresse.

    Travaillons pour polir nos sens et nos esprits ;
Moralisons nos mœurs par quelques bons écrits
      Qui donnent de l'expérience.
Nous sommes nés bien bas..., élevons-nous plus haut...
Notre sort tel qu'il est serait encore beau,
      Si nous sortions de l'ignorance.

    Que nous serions heureux, mes frères, sous nos toits,
Si nous savions aimer et respecter les lois,
      L'amour et l'amitié fidèle !
Le Seigneur purgerait nos jours de tout leur fiel,
Tandis que nos désirs s'élèveraient au ciel
      Comme l'encens dans la chapelle.

    Alors, les arts, l'amour, l'harmonie et la paix
Viendraient chez le saint PEUPLE habiter à jamais,
      Le soulager dans la souffrance !
La terre sourirait, n'ayant plus de méchants,
Le paysan-poëte élèverait ses chants ;
      Et Dieu pourrait bénir la France ! !

A une Infortunée.

————o✥o————

Sonnet.

Pauvre C...., ton sort, ta destinée amère,
Iront frapper au cœur même tes ennemis,
Tandis qu'ils mouilleront les yeux de tes amis
Des larmes de regret de ta vie éphémère !

L'amour, avant le temps, voulut te faire mère !
A ce dieu, sans pitié, tes jours furent soumis ;
Et, semblable à Didon, ton péché fut commis
Sur un doux avenir !... Ah ! trompeuse chimère !

A peine en ton printemps que le cruel destin
T'enlève ton amant, ton époux clandestin,
Qui dépose en ton sein un fruit illégitime...

Et, tout en soupirant pour cet objet aimé,
Qui doit, par son retour, te relever du crime,
Ta vie éteint son souffle... Et tout est consommé !

A l'Humanité.

Hommage à M. Dardé aîné.

Déjà deux ans qu'un cri d'alarme
Retentit de l'Espagne au Rhin,
Le diplomate, sur son arme,
Veilla jusqu'au surlendemain ;
C'était la voix de l'anarchie,
Qui criait à la monarchie :
« Je vais rétablir l'équité. »...
Lorsque son bras, ardent et rêche,
Ne fit qu'une fatale brêche
A l'autel de l'humanité !

Dès-lors, la déesse craintive
Laissa son temple, avec regret,
A ceux qui d'une voix active
Promettent un nouveau décret.

Les opinions s'agitèrent,
Tous les esprits s'exaspérèrent
Pour faire de nouveaux élus ;
Le sang rougit plus d'une lame...
Et l'humanité qu'on réclame
Disparut... et depuis n'est plus !

Depuis lors, la France soupire
Pour le repos de ses enfants !
Peut-être elle songe à l'empire
Qui leur fit des jours triomphants.
La cause de cette insomnie
Viendrait-elle de l'harmonie,
Dont le ressort est discordant ?
Non !... l'égoïsme, seul, renverse,
Entrave, énerve le commerce
Et consterne ainsi l'habitant.

Sans toi, déesse noble et chaste,
Des pleurs coulent de tout côté ;
Le riche s'endort dans le faste
A côté de la pauvreté ;
La paix déserte de nos villes,
Les plaisirs deviennent stériles ,
La licence fait des progrès ;
Le pauvre souffre en sa chaumière,
Sans qu'une main hospitalière
Daigne calmer ses maux secrets.

Reviens !... la France t'idolâtre !

Reviens ranimer son azur ;
Reviens, car elle est un théâtre
Où l'acteur joue un drame impur.
Viens, par ton aile parfumée
Et par ton haleine embaumée,
Guérir des maux trop obstinés ;
De la fange où le sort ravale,
Ta main, en tout temps libérale.
Relève les infortunés.

Sur un divan en mousseline,
Dans un boudoir à son loisir,
Près d'une aimable messaline,
Le grand savoure le plaisir ;
Puis, il cherche d'un œil lubrique,
Sur la brillante mosaïque,
Les charmes secrets de l'amour ;
Tandis que son frère, à la porte,
Pour du pain, le prie et l'exhorte,
Sans toucher son cœur de vautour.

Que le héros porte ses armes,
S'il veut, au bout de l'univers ;
S'il fait gémir, dans les alarmes,
Des peuples courbés sous ses fers;
Son âme, stoïque et barbare,
De vains lauriers toujours avare,
Croira-t-elle se faire un nom ?
Oui... mais, déposant son tonnerre,

Elle laissera sur la terre,
Au lieu d'un César, un Néron.

Pourquoi cet air sombre et farouche,
Mortel au regard dédaigneux ?
Le sourire embellit la bouche...
La douceur décore les yeux...
Si pour ton bonheur tout s'exerce,
Si chaque jour le ciel te berce
Dans les bras de la volupté ;
Pourquoi, d'après cette indulgence,
Ne pas porter à l'indigence
Une semblable humanité ?

Mais que j'adore ta noblesse,
Mortel toujours compatissant,
Quand, du faîte de ta richesse,
Jusqu'au pauvre ton cœur descend.
Laisse à tes pareils l'égoïsme
Qui leur fait de l'or un déisme,
Tu seras toujours respecté ;
L'avenir ne pourra te mordre,
Car tu serais, dans un désordre,
Sauvé par ton humanité !

Reprends ton sacré ministère,
Vole vers nous, fille des cieux,
Tu fertiliseras la terre,
Tu rendras les hommes heureux !

Du riche finira la crainte,
Le pauvre n'aura plus de plainte,
Sous peu les arts refleuriront ;
Dans le palais, dans la chaumière,
La confiance hospitalière
Et l'allégresse renaîtront !

L'Hiver.

Frères, voici l'hiver, revêtu d'un problème...
Au manteau sombre et lourd, à la figure blême,
     Aux regards attristés ;
Il vient tyranniser les êtres de la terre !..
Il est l'ange du mal, l'ami de la misère,
     L'ennemi des prospérités.

De l'aquilon fougueux, descendant des montagnes
Pour ravager les champs et les vertes campagnes,
     Le souffle destructeur,
Impétueusement s'élance, brise, enlève,
Et tout ce qui n'était que l'image d'un rêve,
     N'est qu'un triste lit de douleur !

A peine son venin s'étend sur la nature,
Qu'une monotonie, au fond des bois murmure,
  Et, dans cinq ou six jours,
Leurs légers vêtements, dispersés dans la plaine,
Implorent vainement la rigoureuse haleine
  Qui les amoncèle toujours.

Et la forêt gémit et pleure sa verdure...
Elle est, les bras croisés, semblable à la mâture
  D'une escadre en repos ;
Lorsqu'elle a, dans un port, les vergues, les antennes,
Flottant au gré des vents, sur les mâts en pantennes,
  Comme des croix sur des tombeaux !

Adieu, riants côteaux ! adieu, belle vallée !
Vous venez d'être atteints par la vive gelée...
  Adieu, ruisseau charmant !
Le bruit harmonieux, que faisait ta cascade,
Ne se mêlera plus à la douce ballade
  De la bergère à son amant.

Comme ta tête penche, ô reine marguerite !
Et toi, beau dalhia, l'orgueil et le mérite
  Des jardins les plus beaux ;
Pourquoi courber ainsi le sommet de tes branches ,
Ah ! j'entends : la rosée, aux fines perles blanches,
  A touché tes rameaux !

Furieux aquilon, la rigueur de ton aile

Fait fuir de nos climats l'amoureuse hirondelle ;
    Si tu gonfles nos doigts,
Pourquoi ces doux oiseaux, ces étrangers célestes,
Sont-ils contraints par toi, par tes brises funestes,
    De fuir les tuiles de nos toits?...

Flore toute éperdue... et Pomone alarmée,
Accourent aux jardins, retraite bien-aimée !...
    Triste spectacle à voir !
Philomèle n'est plus en ces tristes retraites,
Et les chardonnerets et les tendres fauvettes
    Sont morts de la bise du soir.

Ainsi, les bois sont nus, les campagnes désertes,
Les sources de cristal par la glace couvertes ;
    Tout a péri soudain !
La violette seule, à peine gît sous l'herbe ;
Il ne reste debout que le chêne superbe ;
    Mais, point d'orgueil... demain ! demain !

Et l'œil, le lendemain, n'aperçoit plus la terre...
Elle est sous les replis d'un large et blanc suaire
    Qui vient de la couvrir ;
Sombre, blafard, le ciel que le nuage assiége,
Fondit, toute la nuit, en grands lambeaux de neige,
    Afin de tout anéantir.

Et vous, frères, et vous!... quand la nature expire,
Quand le ciel, obscurci par un pâle sourire,
    Exhale son courroux ;

Quand l'océan muet soupire sous la glace,
Quand le chêne courbé semble demander grâce,
    Alors, frères, que pensez-vous?...

Vous pensez... comme moi... blottis près de notre âtre,
Nous disons que, pour nous, la nature est marâtre ;
    Car, nous avons souffert !
Mais Dieu nous dit, voyant qu'elle est notre souffrance :
» Portez vers l'avenir vos rêves d'espérance ...
    « Pauvres.... la vie est un hiver ! ! ! »

Villeneuve.

Que j'aime mon pays ! que j'aime mon village !
Il est fertile en grains, en vins, en pâturage.
En tout temps, nos côteaux sont comme des jardins ;
Couverts par l'olivier, déposé par gradins,
Où mûrissent l'olive et la grappe vermeille
(Car cet arbre parfois est l'appui de la treille,)
Les flexibles sarments, se cherchant un appui,
Lancent leur tige grêle et s'attachent à lui.

C'est, lorsque le printemps, par sa température,
Vient ranimer les bois, morts comme la nature,
Que je sais dépenser le minime loisir
Que mon labeur me laisse à chercher le plaisir.
Seul, je vais m'isoler sur nos belles collines ;
J'entends du rossignol les romances divines ,
Enivré par la voix du poète lutin,
Je savoure le frais du zéphir lévantin.

Nonchalamment assis, sous des branches fleuries,
Je me laisse entraîner aux douces rêveries,
Et si ma muse, alors, obéit à ma voix,
Je chante nos côteaux, nos ruisseaux et nos bois.
Je promène, des yeux, notre plaine fertile,
Que nous féconde l'Orb, fleuve lent et tranquille ;
Plaine abondante en grains, en légumes, en foins ,
Trésor inépuisable aux incessants besoins,
Où l'on cueille des fruits presque toute l'année,
Où jette ses trésors la Méditerranée,
Enfin, où l'ouvrier travaille avec saveur,
Sachant qu'il trouvera le fruit de son labeur ?

A mes pieds, sont les bois dont la double ceinture
Ombrage le canal d'un berceau de verdure,
Où l'indolent nocher, pour un autre travail,
A des débiles mains laisse le gouvernail.
Le canal est bordé de magnifiques terres
Où l'on voit, confondus, les vergers, les parterres
Où le myrthe et le buis, le cèdre et le laurier,

Ombragent la groseille à côté du poirier.
Puis, ce sont des bassins remplis par des fontaines,
Dont l'eau jaillit aux pieds des verdoyants troènes ;
Tout près, gémit le pin, que la brise du soir
Balance dans les airs comme un grand encensoir.
Des oiseaux différents, le ramage frivole
Peuple ces lieux charmants où le barde s'isole,
Où l'on goûte, à la fois, l'aérien plain-chant,
Le parfum des bosquets et leur aspect touchant !...

Azélia.

Romance.

A deux genoux, aux pieds d'une madone,
Azélia, disait en soupirant :
« Depuis trois ans, mon Oscar m'abandonne. »
Et puis penchait sa tête, en redisant :

  « Amour, que ton empire
  « Brise les tendres cœurs !

« Si pour mon cher Oscar, chaque jour je soupire,
   « Délivre-moi de mon martyre,
     « Ou je meurs ! »   (bis.)

   « N'étais-je pas plus heureuse et plus fraîche,
  « Lorsque mon cœur n'avait point soupiré ;
  « Comme une fleur, maintenant je dessèche
  « En soupirant pour cet être adoré !

    « Amour, que ton délire
    « Ramène des langueurs ;
» Si je ne dois revoir celui que je désire
    « Délivre-moi de mon martyre,
     « Ou je meurs ! »   (bis.)

Trois ans plus tard, cette amante fidèle,
Près de la Vierge, encor priait pour lui ;
Lorsqu'une voix dans le temple l'appelle,
C'est son Oscar, son amant, son appui.

    Amour, que ta puissance
    Cause de déplaisir,
Au lieu de les unir, après six ans d'absence,
   Pourquoi frapper une existence ?
    Elle vient de mourir !

A Adèle A...

Que fais-tu grâcieuse Adèle,
Sur cet écueil battu des flots ?
Sur ta vie étrange et cruelle
Ne pousses-tu pas des sanglots ?
Lorsque ton esprit n'étincelle
Qu'en un lieu que la mer harcelle,
Et peuplé par des matelots.

Quand j'ose toucher au mystère
Qui couvre la création,
Je me dis pourquoi sur la terre,
Na-t-on en sa possession,
Par un vœu chaste et volontaire,
D'unir le goût au caractère,
Le tact à la profession ?

Si la divine providence
Ne nous avait caché ses lois,

Ta malheureuse intelligence
Embellirait d'autres parois !
Car le talent fuit l'indigence
Pour s'envoler vers l'opulence,
Comme le luxe vers les rois.

Alors, Adèle, à cette plage
Tu ferais les derniers adieux,
Car Dieu n'a pas pour un village,
Formé ton esprit studieux ;
Dans une cité, ton ouvrage
Vaudrait, sans doute, d'avantage,
Que dans nos misérables lieux.

Mais le destin, toujours bizarre,
Semble se jouer des mortels !
Vois si le mien est moins barbare,
Et si mes jours sont moins cruels ;
Comme toi, le sort me sépare
Des villes, où l'art plus avare
A des revenus casuels.

Le jour, j'habite la campagne
Que j'arrose de ma sueur ,
Mais j'y gagne pour ma compagne
Et pour un ange de bonheur !
Et si ma muse m'accompagne,
Le soir, je bâtis, en Espagne,
Des châteaux de peu de valeur.

L'aurions-nous dit, aimable fille,
Lorsque je travaillais chez vous,
Que tu chantais sur la charmille
Avec Eudoxe au chant si doux,
Qu'un jour, un penchant qui fourmille *
Viendrait charmer notre famille
Et nous consumerait à nous?...

Notre destin est comparable!
Adèle ne murmurons pas,
Car la vie est si peu durable
Qui lève aux grandeurs ses appas.
Hors la vertu, douce, estimable,
Le reste est vain et périssable
Comme la fumée ici bas !

* Inclination poétique.

L'Ormeau.

Ballade.

Oh ! vieil ormeau , deux fois octogénaire !
Qui de l'orage a dédaigné l'effort ,
Tu vis mourir et naître ma grand'mère ,
Et du hibou tu fus longtemps le fort.
Mais ton vieux tronc qui méprisa la foudre
Ouvre son sein ébréché par le temps ;
Tu vas mourir !... La flamme et les autans
Pauvre doyen, te réduiront en poudre !

Quand ma grand'mère était en son jeune âge,
Vive, enjouée et fraîche comme toi,
Elle dansait sous ton épais feuillage
Que tu tendais comme le dais d'un roi.
Mais de la mort le temps ne peut l'absoudre,
Comme la feuille elle quitta l'ormeau !

Toi qui la vis naître et mettre au tombeau,
Pourquoi tomber comme elle dans la poudre !

Etant enfant, je venais, le dimanche,
Sous tes rameaux jouer comme un enfant !
Combien de fois pour cueillir un branche
Je sautillais comme le jeune faon ;
Sans pressentir que le temps peut dissoudre
Le vieil ormeau comme l'enfant léger !
Mon front trop pur ne pouvait s'ombrager,
Et j'ignorais que tout redevient poudre !

Depuis ce jour, mon bonheur et tes charmes
Se sont enfuis sans nous faire un adieu ;
Ta majesté succombe sous les armes
Du bûcheron qui va te mettre au feu !
Quant à mon sort, on pourrait le résoudre
De vivre un jour d'amertume rempli,
Et de tomber, comme toi, dans l'oubli,
Quand je serai renversé dans la poudre.

A Planés.

Quel esprit infernal, cher cousin, dans nos âmes,
Excite, nuit et jour, par de nouvelles flammes,
Ce feu qui nous dévore et nous ronge le sein,
Moi, pour la poésie, et toi pour le dessin ?...
    Pourquoi nous souffler tant d'audace,
    Moi, de voler vers le Parnasse,
    Toi, d'un pinceau munir ta main ?
    Quand nos mains nous ont été faites,
    L'un, pour tailler les olivettes,
    L'autre, pour pétrir le levain.

Ce n'est pas le transport d'une vanité fière,
Qui te fait convertir une toile grossière,
Par les douces couleurs qu'étale ton pinceau,
En un camée antique ou verdoyant berceau.
    Dans cet art qui ne te fait vivre,
    Tu ne prétends non plus revivre,
    Tels que les Coustou, les Lorrain :

C'est le plaisir qui l'a fait naître...
Ainsi, si tu n'es jamais maître,
Tu le seras faisant ton pain.

Un sentiment d'orgueil non plus ne me domine,
Pour prétendre gravir l'agréable colline,
Où Voltaire et Rousseau, sur Pégase montés,
Savouraient tous les jours de nouvelles beautés !
 D'abord, n'ayant pas fait d'études...
 Et puis, les labeurs les plus rudes
 Me laissant si peu de loisir,
 Que si quelquefois je m'exerce,
 C'est qu'alors ma muse me berce,
 Dans un chimérique plaisir.

Que la critique, ami, heurte en vain nos oreilles !
Fermons-les... car ce monstre infecterait nos veilles ;
Elle est sœur de l'Envie ! et l'Envie, aux faux pas,
Ne voudrait pas qu'on put ce qu'elle ne peut pas !
 Mais, sans faillir à notre ouvrage,
 Car c'est la règle la plus sage,
 De placer l'utile premier,
 Comme nous le dit le proverbe :
 « Ne mange pas tes blés en herbe,
 « Et fais honneur à ton métier. »

Ta journée accomplie, accours après tes toiles :
Peins la mer, le ciel bleu, les brillantes étoiles ;
Peins la reine des nuits, dont le svelte croissant

En son berceau promet un astre éblouissant ;
Peins son reflet sur les rivages,
Peins-là sur l'aile des orages ,
Dont sa pâleur blanchit le teint ;
Pourpre, quand son flambeau s'allume ;
D'argent, quand son cours le consume ;
De topaze, lorsqu'il s'éteint.

Planés, sors de chez toi, contemple la nature !
Peins ces bois, ces rideaux d'agréable verdure,
Cette verte prairie, où l'émail de ses fleurs,
Attire le regard par ses riches couleurs.
Dépeins ce nuage grotesque,
Avec ce chêne pittoresque
Que les siècles ont décrépi ;
C'est là, qu'une jeune bergère
Vient tous les jours sur la fougère,
Attends : tu la peindras aussi.

Peints des beaux jours d'été les belles matinées,
Les oliviers, les blés, leurs tiges couronnées,
La vigne aux frêles jets et le raisin vermeil,
Qui fait sur nos côteaux un effet non-pareil !
Esquisse, de notre village,
Le magnifique paysage,
Notre clocher aérien ;
Ton ardeur peut tout entreprendre,
Et ta touche, facile et tendre,
N'avortera jamais en rien.

Par un beau jour d'été, va sur notre rivage
Esquisser l'attirail qui couvre notre plage ;
Essaim tumultueux d'hommes, de char-à-bancs,
De mules, de chevaux, décorés de rubans.

    Là, tu verras plus d'un hercule ;
    Là, le bon sens, le ridicule
    Sont tout-à-fait amalgamés :
    Là, règne la gastronomie,
    Dont la bouteille est bonne amie,
    Et les mets sont des bien-aimés.

Mais, si l'auster, ce vent, qui dessèche et qui hâle,
Venait à se calmer, prends-garde à la rafale :
Monte sur une dune, et si tu vois les flots
S'amonceler entre eux comme de noirs îlots,

    C'est elle : esquisse-là de suite ;
    Car tu verras prendre la fuite
    A la phalange de ces bords ;
    Les flots viendront d'un pas rapide,
    Comme un escadron intrépide,
    Auquel on a lâché le mors.

Ainsi, tu construiras un petit édifice,
Qui, de quelques loisirs, sera le sacrifice,
Mais, qui pourra surtout t'honorer, t'ennoblir,
Et dire à ton pays : « Je cherche à te polir ! »

    Oui, cousin, travaille avec zèle,
    Je voudrais pousser ta nacelle
    Dans un parage plus heureux ;

Car le talent, dans un village,
Est un héros dans l'esclavage,
Atteint d'un spleen dangereux !

Au Départ de mon Frère

POUR LES COLONIES.

Repose-toi, mistral... dors, fougueuse rafale...
Il vient de s'embarquer à bord du *Bucéphale*...
Il quittera demain la rade de Toulon ;
Le pavillon, hissé, flotte en haut de la hune,
Le marin n'attend plus qu'une brise opportune
Pour y tendre la voile et tirer le canon.

Redoutable Océan, que ton courroux s'apaise,
Retiens ces flots nombreux qui mordent la falaise,
Comble ces noirs ravins par ces monts écumants,
Arrase ces sillons de vagues hérissées,
Qui lancent vers le ciel, les arêtes dressées,
Leur accord monotone et leurs mugissements.

Je redoute la mer... C'est sa première course !
Et mon sang et le sien sont de la même source,
Car c'est le même sein qui nous donna le jour.
Ses devoirs sont sacrés ! il vogue sur les ondes;
Il va, pour sa patrie, habiter d'autres mondes,
Où le précèderont mon âme et mon amour.

Mon âme, comme toi, vogue vers ce rivage,
Elle est dans le navire et parmi le cordage ;
Quelquefois, s'élevant sur le haut cacatois,
Elle scrute au lointain le berceau des tempêtes,
Ou, dans les profondeurs, l'écueil aux noires têtes,
Ou bien de l'ouragan les gigantesques doigts.

Voguez vers ce détroit où l'Océan, en rage,
Sut, jadis, se frayer un modeste passage,
Afin de parcourir, d'étreindre l'univers :
Voguez, vous allez voir ces îles fortunées,
Où les charmes d'Armide enchaînaient les journées
De ce jeune guerrier qui vivait dans ses fers.

Voguez vers ces climats, où l'homme antropophage
Erre éternellement, sur la grève sauvage,
Pour épier sa proie et pour la dévorer ;
Vous allez inculquer à ce peuple indocile,
Qui prie, avec ferveur, aux pieds d'un crocodile,
Le Dieu qu'il faut connaître et qu'il faut adorer.

Voguez, car ce point noir, qu'on aperçoit à peine,

Fut la prison du Fort : c'est l'île Ste-Hélène !
Larguez donc à babord, vous mourriez de douleur,
En voyant ce tombeau sous la ronce et la mauve !
C'est là, que, d'Albion, le sicaire Hudson-Lowe,
Vint pour tyranniser notre illustre empereur.

Voguez, car ces rochers où la vague plaintive
Se brise avec fracas sur l'écueil de la rive,
N'est pas encor le but de votre station ;
Jamais le nautonnier de ces récifs n'approche,
Son rivage désert n'a que d'énormes roches ;
C'est ce stérile îlot nommé l'Ascension.

Voguez, voguez toujours ; cette terre lointaine
Qu'on voit à l'horizon, c'est la terre africaine ;
C'est là qu'est votre port. Vous pourrez à loisir
Contempler désormais la rafale fougueuse ,
L'ouragan aux flancs noirs, à l'aile impétueuse,
Qui soulève la vague et la force à gémir.

Mais, lorsque les zéphyrs rétabliront le calme,
Que le blanc goëland, perché sur une palme,
Battra trois fois les airs pour revoler aux flots,
Les brises du désert, passant sur les tanières,
Vous porteront le bruit des bêtes carnassières
Et leurs rugissements sur l'aile des échos.

C'est là, que le poète a des tableaux à peindre !
Que la nature est vaste et facile à dépeindre,

Que, poétiquement, l'imagination
Plane sur les trésors émanés d'une terre,
Qui n'a, pour la chanter, que le bruit du tonnerre,
Le courroux de la mer et mon illusion.

Elle y viendra souvent, mon âme, sur ces grèves...
Pour soupirer, peut-être, après les propres rêves ;
Pour s'isoler au fond de ces vastes déserts,
Pour entendre rugir les tigres, les panthères,
Et bouillonner les flots des fleuves solitaires,
Qui roulent dans leur sein l'or, le sable et des vers.

Si quelquefois, rêveur, assis sur quelque dune,
L'œil fixé sur les champs de l'antique Neptune,
Tu lançais un soupir vers ton pays natal,
Interroge les flots ; peut-être quelque lame
Murmurera des vers, et ce sera mon âme
Qui viendra pour te voir du pôle occidental !

Tristes réflexions d'une Fille

APRÈS AVOIR FAILLI.

Adieu ! jours parfumés de joie et d'innocence !
Jours comblés de bonheur, de gloire et d'espérance ,

Jours remplis de plaisirs et de félicité,
Je ne vous verrai plus ! votre cours éphémère
M'abreuva de l'espoir d'une fausse chimère,
Et maintenant ma coupe est déjà trop amère
Pour pouvoir la vider avec tranquillité.

J'avais le front levé quand j'allais, le dimanche,
Au temple du Seigneur, avec ma robe blanche,
Evoquer de Marie, aux pieds de son autel,
Les grâces qu'elle accorde aux vierges de la terre.
Je lui disais : « Soyez ma reine tutélaire. »
Et, quand j'avais fini ma fervente prière,
Je sortais plus heureuse, et bénissais le ciel.

Mais de folles amours, des amours malheureuses,
M'ont ravie au banquet des filles vertueuses !
J'ai failli; j'ai perdu l'honneur, la chasteté !
Des secrets de l'amour voulant sonder l'abîme,
Je restai dans le gouffre ; et, vivante victime,
Rien ne réhabilite une fois dans le crime,
Rien ne peut acquitter un jour de volupté !

O mère de mon Dieu ! pourquoi dans mon enfance
Ne m'as-tu pas cueilli? Tandis que mon offense
Ne peut se racheter pas même avec mon sang !
Pourquoi suis-je maudite, ô divine Marie !
Au moment où j'allais te consacrer ma vie ?...
Quand de m'unir à toi je savoure l'envie,
C'est alors qu'un enfant palpite dans mon flanc !

Plus de pardon pour moi !... Cet amour illicite
A défloré ma vie, en a pris le mérite !
Aimable modestie !... estimable candeur !..
Je ne vous aurai plus ; abominable fille,
J'étais pour mes parents un astre qui scintille...
Je ne m'asseoirai plus au banquet de famille...
Maudit soit mon destin, car je me fais horreur.

Oh ! beaux lieux d'Enthimie ! exempts de doléance,
Où l'âme se recueille au milieu du silence,
Où tant de passions ne peuvent pénétrer !...
Oh ! cloître ! je voudrais être dans vos murailles ;
Je différai d'un jour les saintes fiançailles,
Et maintenant j'entends, au fond de mes entrailles,
Une voix qui me dit : « Tu n'y peux plus entrer !... »

Voilà d'un seul péché l'étonnante secousse ;
Un cloître me rejette, un monde me repousse !...
Chercherais-je un refuge au fond de quelque bois ?
C'est là que ma douleur deviendra plus profonde,
Quand je repasserai mes souvenirs d'un monde
Que l'amour vivifie et que la joie inonde,
Elle m'accablera de son plus rude poids !

Je traînerai partout une vie orageuse,
Que des maux infinis rendront toujours affreuse !
Et, d'écueil en écueil, de remords en remords,
En vain je chercherai d'éviter la tempête ;
Mais la foudre toujours menacera ma tête,

Et si, sur mon chemin, je rencontre une fête,
Ce ne sera qu'au jour, qu'à l'heure de ma mort !

Et toi, fruit innocent qui germes en ma vie,
Mûriras-tu, vivant d'une plante flétrie,
Qui voudrait de sa vie abréger la longueur ?...
L'amour !... lui qui féconde est pour moi bien stérile,
Gonflé par la douleur un sein est peu fertile...
Lorsqu'on est sans parents, sans amis, sans asile,
Alors, on se dessèche et l'on meurt de langueur.

Ah ! fruit infortuné !. . qu'elle est donc ton offense ?
Que je veuille ta mort même avant ta naissance !
Ma faute originelle arrive jusqu'à toi.
Cependant je ne vis que pour te donner l'être,
Car je sens que je t'aime avant de te connaître,
Et ce jour redouté, dans lequel tu dois naître,
Vient rempli d'amertume et d'angoisses pour moi.

Tu seras mon enfant !... Et moi coupable mère !...
Moi, la cause, l'auteur, de toute ta misère...
Moi, qui t'aurai ravi le nom... le plus doux nom !...
Tu ne pourras le dire à Dieu qu'en ta prière,
Car, d'un pauvre orphelin, il est toujours le père !...
Et moi, prostituée, en une vie austère,
Peut-être de ma faute aurai-je le pardon !

BÉZIERS, IMPRIMERIE D'EUGÈNE MILLET.